Analyse de l'œuvre

Par Florence Hellin et Célia Ramain

Sa Majesté des Mouches

de William Golding

lePetitLittéraire.fr

Rendez-vous sur lepetitlitteraire.fr et découvrez :

Plus de 1200 analyses
Claires et synthétiques
Téléchargeables en 30 secondes
À imprimer chez soi

WILLIAM GOLDING

ÉCRIVAIN BRITANNIQUE

- **Né en 1911 à Saint Columb Minor (Cornouailles)**
- **Décédé en 1993 à Perranarworthal (Cornouailles)**
- **Quelques-unes de ses œuvres :**
  - *Les Héritiers* (1955), roman
  - *Chute libre* (1959), roman
  - *Les Hommes de papier* (1984), roman

William Golding est un écrivain britannique né en 1911 dans les Cornouailles. Il étudie la littérature anglaise à Oxford avant de travailler dans un théâtre, où il est à la fois acteur, auteur et producteur. Il se lance ensuite dans une carrière pédagogique et devient professeur d'anglais et de philosophie.

En 1940, il est mobilisé dans la marine et participe au débarquement sur les côtes normandes de 1944. Cette expérience marque profondément sa vision de l'humanité. Son œuvre est d'ailleurs traversée d'un profond pessimisme et s'attache à démontrer l'irrémédiable chute de l'homme et le triomphe du mal. Dans les années 1960, il se retire de l'enseignement pour se consacrer à la littérature et obtient le prix Nobel de littérature en 1983.

SA MAJESTÉ DES MOUCHES

UNE ALLÉGORIE DE LA LUTTE
ENTRE CIVILISATION ET BARBARIE

- **Genre :** roman
- **Édition de référence :** *Sa Majesté des Mouches*, traduit de l'anglais par Lola Tranec, Paris, Gallimard, coll. « Du monde entier », 1983, 264 p.
- **1re édition :** 1954
- **Thématiques :** groupe social, enfance, cruauté, folie, pouvoir, peur, survie

Sa Majesté des Mouches est un roman publié en 1954 après avoir essuyé plusieurs refus de la part des éditeurs. Malgré des premières ventes timides, le livre devient un bestseller qui est désormais au programme de nombreuses écoles.

Le roman retrace les aventures d'une bande d'enfants qui se retrouve isolée sur une ile déserte après un accident d'avion au cours duquel tous les adultes ont péri. Très vite, les enfants s'organisent en essayant de reproduire les schémas sociaux qu'ils connaissent. Or des tensions au sein du groupe les amènent à s'entredéchirer. Œuvre allégorique, *Sa Majesté des Mouches* démontre toute la fragilité de la civilisation, ainsi que le penchant naturel de l'homme à sombrer dans la cruauté et la barbarie.

RÉSUMÉ

L'ORGANISATION SUR L'ILE

Au début d'une guerre atomique dont on ne sait rien, un avion s'écrase sur une ile isolée. Tous les adultes périssent, laissant désormais les enfants livrés à eux-mêmes.

Deux d'entre eux, Ralph et Porcinet, deviennent amis dans ces circonstances et trouvent sur la plage une conque, un coquillage qui produit un son sourd et puissant quand on souffle dedans. Ils ont alors l'idée de l'utiliser pour regrouper les survivants. Des dizaines d'enfants éparpillés sur l'ile répondent à l'appel et se massent autour de Ralph. Un groupe d'écoliers déjà formé, à la tête duquel se trouve un jeune garçon nommé Jack Merridew, les rejoint.

Afin d'organiser la vie quotidienne et la cohabitation sur l'ile, les enfants ont besoin d'un chef et procèdent donc à un vote. Des deux seuls candidats à s'être présentés, Ralph et Jack, c'est le premier qui est élu, grâce à la fascination qu'il exerce sur les autres. Il met en place un système qui garantit à chacun la possibilité de s'exprimer : seul celui qui a la conque en main a le droit de prendre la parole. Dans un geste de réconciliation, le nouveau chef laisse le commandement de la maitrise, un chœur d'enfants, à Jack. Ce dernier décide d'en faire un corps de chasse, afin de monter une armée. En effet, celui-ci est passionné par cette activité et pense que la forêt, qui leur semble de prime abord accueillante, est en réalité effrayante. Ralph décide quant à lui de faire un feu au sommet de l'ile pour qu'ils aient une chance d'être repérés et donc secourus. La surveillance du brasier est confiée à Jack et à sa bande. Ainsi débute l'aménagement de l'ile par la construction de cabanes, censées offrir un minimum de confort aux enfants. Cependant, cela ne se fait pas sans difficulté pour Ralph, le seul à s'investir pleinement dans l'agencement des lieux : « [...] qui a bâti les trois cabanes ? Pour la première, tout le monde s'y est mis. Pour la seconde nous n'étions que quatre. Et la dernière, celle-là, c'est Simon et moi tout seuls qui l'avons faite. C'est pourquoi elle est si branlante. Il n'y a pas de quoi rigoler. » (chapitre V)

LA SCISSION

Lors d'un meeting, Ralph remarque que ses camarades, auparavant heureux, semblent aujourd'hui apeurés. Jack intervient et reproche aux plus petits leurs cauchemars :

> « Mais Ralph dit que vous criez la nuit. Bah ! c'est jamais que des cauchemars. D'abord, vous ne chassez pas, vous ne construisez rien, vous n'aidez à rien. Vous n'êtes que des mômes pleurnichards et des poules mouillées. Là. Quant à la frousse, il faudra vous y habituer comme nous autres. » (chapitre V)

Certains font part de leurs angoisses : l'un aurait vu une bête sortir de l'océan, tandis que d'autres évoquent l'existence de fantômes. La tension augmente, au point de provoquer une altercation entre les deux leadeurs : Jack reproche à Ralph de ne pas être un bon chef en donnant des ordres insensés.

Ce dernier souhaite quitter son poste, mais Porcinet l'en dissuade car Jack lui fait peur. Un jour, alors que Jack est parti avec son groupe à la chasse, Ralph et Porcinet aperçoivent au loin la fumée d'un bateau. Malheureusement, le feu de repérage est éteint, ce qui provoque la colère du chef.

Quand les chasseurs reviennent avec une prise, la joie de Jack s'oppose au mutisme de Ralph, qui ne lui pardonne pas l'abandon du feu. Les deux meneurs se toisent, mais Jack s'en prend à Porcinet, qui tente d'intervenir, tant et si bien que ses lunettes sont brisées. Le lien est désormais rompu entre les deux leadeurs.

UN MONSTRE SUR L'ILE

Alors que les enfants dorment, une détonation retentit : un avion a explosé et un parachutiste s'en est échappé. Seuls Erik et Sam, les jumeaux, ont été témoins d'une partie de la scène et ont aperçu un objet non identifié alors qu'ils veillaient sur le feu. Affolés, ils retournent au camp et une battue est organisée. Sur le chemin, la troupe croise un sanglier que Ralph parvient à atteindre avec son javelot. Grisés, les enfants entament une danse et se livrent au simulacre d'un sacrifice sur l'un d'entre eux.

Peu à peu, une rumeur selon laquelle il y aurait un monstre sur l'ile se répand chez les enfants, alors qu'il ne s'agit que du corps sans vie du parachutiste, ce qu'ils ignorent encore. Dès lors, la décision est prise de partir à sa recherche pour calmer les peurs des plus jeunes. Jack défie Ralph et Roger (son bras droit) de se joindre à eux pour traquer la bête : les deux garçons s'exécutent. Pourtant, à la vue d'une forme indistincte qui gonfle et enfle, les garçons s'enfuient.

Par conséquent, Jack remet en cause les qualités de meneur de Ralph et demande aux enfants de choisir leur camp. Dans l'hésitation, personne ne prend parti. Humilié, Jack les quitte.

Avec les chasseurs, il organise son propre clan et propose de faire une offrande au monstre : il empale la tête d'une truie sur un piquet.

L'un des membres de la maitrise, Simon, assiste à la scène. Il est troublé par cette tête de cochon et la nuée de mouches qui l'entoure. Dans un délire, il croit que la truie est Sa-Majesté-des-Mouches, une force démoniaque qui s'adresse à lui.

Plus tard, après avoir retrouvé ses esprits, il découvre la vérité sur le prétendu monstre et décide d'avertir les autres de sa découverte : il ne s'agit que du parachutiste mort. Finalement, la majorité des enfants se rallie à Jack car sa qualité de chasseur fait de lui le garçon qui pourra les nourrir.

L'ESCALADE DE LA VIOLENCE

Dans sa forteresse, Jack fait régner la terreur. Avec Roger, les deux garçons ont recours à l'humiliation et à la torture : « Ils nous ont forcés. Ils nous ont fait du mal » se plaint l'un des membres du clan (chapitre XII). De leur côté, Ralph et son subalterne Porcinet sont inquiets de la situation et se rendent eux aussi dans le camp de Jack.

Le groupe entame une danse tribale, à laquelle se joint timidement Ralph. Mais une masse qu'ils prennent pour le monstre fait irruption dans le cercle. Les enfants, déchainés, la frappent avec violence. Ils n'ont pas reconnu Simon, mort sous leurs coups, qui venait leur expliquer que le monstre n'était autre que le parachutiste.

Ralph voit dans sa mort un assassinat et non un accident. Il retourne donc avec Porcinet dans sa cabane. Là, ils entendent une voix murmurer le nom de Porcinet. S'ensuit une bagarre avec leurs assaillants qui prennent finalement la fuite, n'emportant avec eux que les lunettes brisées de Porcinet.

Ralph, convaincu qu'il s'agit d'une attaque de Jack, se rend au camp de celui-ci avec Porcinet, Erik et Sam. Le duel entre les chefs est terrible : ils se battent violemment avec des lances. Les jumeaux Erik et Sam sont ligotés et enlevés. Porcinet, muni de la conque, réclame la parole et tente de calmer les esprits. Caché à l'écart, Roger fait balancer un levier qui retient une énorme pierre. Celle-ci dévale la pente et frappe le jeune garçon de plein fouet : il s'écrase 15 mètres plus bas et décède de ses blessures.

Ralph, grièvement blessé par les coups de lance de Jack, s'enfuit. Il se terre dans la forêt mais parvient à approcher Erik et Sam, désormais forcés de se mettre au service de Jack. Les jumeaux lui conseillent de fuir parce qu'une battue est prévue le lendemain pour le retrouver : le garçon est pris en chasse. Jack, pour faire sortir le fuyard des fourrés, décide de bouter le feu à la végétation.

Menacé par l'incendie et par la sauvagerie des autres enfants, Ralph s'échappe de sa cachette. Il s'effondre alors sur la plage, devant un officier qui, alerté par le feu qui gagnait toute l'ile, a amarré son bateau. Les enfants affluent sur la plage, sous le choc. Après un bref moment de flottement, ils éclatent en pleurs devant les adultes interloqués.

ÉTUDE DES PERSONNAGES

RALPH

Ralph est l'un des enfants les plus âgés de l'ile. Au début de sa découverte des lieux, ce nouveau terrain de jeu dépourvu d'adultes le ravit. Il est un enfant insouciant qui s'amuse mais qui est sans cesse ramené à la dure réalité par Porcinet, son subalterne intellectuel et attentif à l'ordre : « Faut trouver les autres. Faut faire quelque chose » lui rappelle constamment ce dernier (chapitre I).

Il a été élu chef suite à un vote, non pas grâce à des actions héroïques particulières, mais en raison de son charisme. C'est un excellent orateur qui sait quand parler et ce qu'il convient de dire pour rassurer les esprits inquiets et exhorter les enfants au courage : « Mon père est dans la marine. Il dit que les îles inconnues, ça n'existe plus. Il paraît que la Reine a une grande salle pleine de cartes et toutes les îles du monde y sont dessus. Alors la Reine a notre île sur ses cartes. » (chapitre II) En tant que chef, il veille au bon fonctionnement du groupe : il met en place un feu de détresse, utilise la conque comme moyen démocratique d'expression, entreprend la construction de cabanes, confie la chasse à Jack, etc. Ralph garde toujours à l'esprit ce que les autres enfants et lui étaient avant d'atterrir sur l'île, à savoir de bons écoliers anglais. Ce souvenir lui permet de garder le peu de civilisation qu'il leur reste et de ne pas se laisser aller à une certaine décadence.

Or le personnage perd son influence sur les autres enfants à mesure que le pouvoir de Jack s'affirme. Cet affaiblissement de son prestige s'accompagne de l'amenuisement de ses qualités de chef : fréquemment, il oublie les motifs de ses actions et doit compter sur l'aide de Porcinet, son fidèle second. Dans ces moments de vulnérabilité, son aisance verbale et son esprit d'initiative sont totalement annihilés : « Il s'interrompit brusquement car le volet venait de se refermer dans son cerveau. » (chapitre XI) Son esprit brillant n'a pas pu résister totalement à la sauvagerie dans laquelle sont tombés les anciens écoliers.

Ralph demeure le représentant de l'ordre, de la civilisation et d'un pouvoir positif, tourné vers le bien commun. En prenant leur ancien chef en chasse, les enfants rejettent les valeurs qu'il incarne, c'est-à-dire toute forme de morale et de responsabilité envers la société.

JACK MERRIDEW

Jack Merridew est l'un des ainés de l'ile. Il est le chef de la chorale. C'est un leadeur naturel, irrémédiablement attiré par le pouvoir dont il ne peut se passer. Il est d'ailleurs furieux de ne pas avoir été élu face à Ralph. Sa soif de pouvoir est telle qu'il quitte le camp de son rival afin de former son propre groupe. En outre, la chasse le passionne : il est fasciné par la puissance qu'il ressent en traquant et en tuant ses proies. Ce désir de domination croit irrémédiablement et devient de plus en plus irrationnel, au point qu'il remplace la chasse au cochon par une chasse à l'homme, en l'occurrence Ralph.

Jack est l'antithèse de ce dernier, avec qui il partage toutefois un charisme certain. Son mode d'organisation, moins contraignant que celui de Ralph, est plus attirant pour les jeunes enfants, qui vivent dans l'instant présent et n'ont pas conscience de l'importance de l'ordre et des règles :

> « S'ils obéissaient aux appels de la conque, c'était surtout parce que Ralph était assez grand pour assurer à leurs yeux un lien avec le monde des adultes et de l'autorité ; de plus, les réunions représentaient pour eux une distraction. Mais le reste du temps, ils ne s'occupaient guère des grands et menaient à part leur vie grégaire et primitive. » (chapitre IV)

Or l'exercice du pouvoir de Jack est violent et brutal, basé sur l'assouvissement des instincts les plus primaires. Il repose sur la peur, les humiliations et la torture. Jack représente les pires aspects du comportement humain qui, quand il n'est pas contrôlé ou tempéré par les règles de la civilisation, bascule dans la sauvagerie, entrainant avec lui l'humanité entière.

PORCINET

Porcinet, dont le prénom ne sera jamais révélé, représente la troisième force du groupe, après Ralph et Jack. Bien qu'il possède une intelligence et une capacité réflexive que les autres n'ont pas, son physique rondouillard et sa fragilité d'asthmatique lui interdisent d'être écouté et de s'imposer auprès de tous. Pourtant, sa timidité ne l'empêche pas de s'opposer directement à Jack en lui reprochant d'avoir laissé s'éteindre le feu.

Étant donné qu'il ne peut prétendre au premier rang, il devient le bras droit de Ralph. Ainsi l'exhorte-t-il à rassembler
les survivants ou lui apprend-il à souffler dans la conque.
Sans son intelligence et son pragmatisme, Ralph n'aurait
sans doute jamais pu atteindre le statut de chef : « Porcinet
savait penser. Il savait explorer pas à pas sa grosse tête
de Porcinet ; mais il n'avait rien d'un chef. Une solide intelligence dans une enveloppe ridicule. Devenu expert en
matière de pensée, Ralph savait maintenant en reconnaître
les signes chez autrui. » (chapitre V)

Il joue pourtant un rôle crucial au sein de l'organisation du
groupe : sans lui et ses lunettes, le feu leur est inaccessible.
Aussi fait-il preuve de rationalité quand les enfants croient
en certaines superstitions et se laissent gagner par la peur
alors que lui nie l'existence de fantômes. Sa dernière intervention est une ultime tentative pour faire appel à la raison
et à l'ordre. Il représente sans doute la maturité des adultes
ainsi que l'autorité, dans un lieu où ces deux éléments sont
proscrits. Ainsi, sa mort tragique et la destruction de la
conque sonnent le glas de tout retour à la civilisation. La
descente dans la sauvagerie est désormais irrémédiable.

ROGER

Roger est le second de Jack dans le nouveau camp mis en
place par ce leadeur déchu. Une fois qu'il a compris que
les tentatives de civilisation sont vaines, il se laisse aller à
ses pires penchants : il tue Porcinet et terrorise les autres
enfants par des humiliations et des tortures. Il représente
la cruauté, le plaisir d'infliger la souffrance ou de tuer. Les

travers les plus terribles de l'homme sont réunis dans ce seul personnage qui ne fait que suivre aveuglément les ordres de Jack.

SIMON

Simon est un garçon calme et solitaire, souvent décrit par les autres comme étant quelque peu « toqué » : « S'amener comme ça dans le noir... Il avait pas le droit de s'amener comme ça en rampant dans le noir. Il était toqué. C'est sa faute » s'exclame Porcinet (chapitre X). Aussi distrait que rêveur, il aime la nature et se promène régulièrement seul sur l'ile. C'est d'ailleurs dans ce contexte qu'il va assister, sans que les chasseurs le sachent, à la mise à mort de la truie, signe de la barbarie de Jack. Il éprouve une certaine fascination (de l'attirance autant que de la répulsion) envers la tête qui a été piquée sur un bâton. Il va jusqu'à faire l'expérience d'une hallucination avec « Sa-Majesté-des-Mouches » qui lui parle entre autres de la vacuité de la vie tout en le menaçant sur la fin du monologue :

> « Je t'avertis. Je vais me fâcher. Tu vois ? On ne veut pas de toi ici. Tu comprends ? [...] Alors, ne fais pas des tiennes, mon pauvre enfant fourvoyé, sans quoi... [...] Sans quoi, proféra Sa-Majesté-des-Mouches, on vous aura. Compris ? Jack et Roger, et Maurice et Robert, et Bill et Porcinet et Ralph. Compris ? Hein ? » (chapitre VIII)

Simon représente la sagesse et la recherche de la vérité. C'est lui en effet qui va prendre son courage à deux mains et affronter seul le monstre en allant voir ce qu'il est réellement. Venu apporter la vérité aux autres enfants déchainés et rendus comme presque fous par la musique et la danse d'une cérémonie tribale, il est pris pour « le monstre ». Il est ainsi sacrifié sur l'autel des superstitions. Sa mort marque la fin de l'innocence des enfants.

CLÉS DE LECTURE

UNE VISION PESSIMISTE DE L'HUMANITÉ

William Golding est un moraliste qui utilise l'allégorie et la métaphore pour peindre l'homme dans sa chute et le triomphe du mal. *Sa Majesté des Mouches* est en effet une allégorie du combat que peuvent se livrer la civilisation et la barbarie. Le roman est ainsi traversé de tensions entre esprit de groupe et individualité, entre réactions rationnelles et émotives ou encore entre moralité et immoralité.

Cette opposition est symbolisée par les conflits entre les camps de Ralph et de Jack :

- **Ralph représente la civilisation.** Dès le début, ses premières actions de chef visent à créer un certain ordre parmi les enfants et à construire une société stable sur l'ile. La parole et l'écoute sont garanties par la conque qui, par élargissement, symbolise la démocratie que Ralph désire mettre en place. Porcinet apporte au groupe l'intelligence et la réflexion, les bases de toute culture humaine ;
- **Jack symbolise la sauvagerie** et le désir incontrôlable de domination et de pouvoir. La société qu'il bâtit est jouissive et ne repose sur aucun principe démocratique. La seule manière de canaliser son groupe est dès lors d'avoir recours à la peur, la violence et l'humiliation. Loin du monde des adultes et de ses règles, les enfants cassent toutes les barrières qui ont jalonné leur éducation et se laissent aller à la brutalité et à leurs instincts primitifs.

Malgré leur jeune âge, ils ne sont pas innocents : la violence et le mal sont en eux comme dans toute personne. Il a suffi qu'ils soient éloignés des codes de la morale pour tomber dans la sauvagerie. Il est également celui qui a l'intelligence ou la lucidité de prendre au sérieux la pulsion de mort présente en chacun et de mettre en place des dispositifs symboliques pour la laisser s'exprimer. Ce à quoi est complètement aveugle Ralph qui a la naïveté de croire qu'une société se fonde sur la circulation de la parole, sans besoin de rituels pour canaliser la violence. Golding a une vision extrêmement dure de la nature humaine : la civilisation est une construction qui ne tient qu'à un fil et l'homme, traversé par le bien et le mal, ne peut que succomber à ce dernier.

Comme nombre d'intellectuels de sa génération, William Golding a été marqué par l'horreur des camps nazis et par l'arme nucléaire larguée sur Hiroshima (ville japonaise de l'ile de Honshū) et Nagasaki (ville japonaise de l'ile de Kyushu). Cette peur de l'arme nucléaire, qui était l'une des principales craintes de la Guerre Froide (1947-1991), fait d'ailleurs son apparition dans le premier chapitre : « T'as pas entendu ce que disait le pilote ? Sur la bombe atomique ? Ils sont tous morts. » Cette menace nucléaire sert en fait de préambule à l'instauration progressive de la violence humaine par les jeunes naufragés.

Sa Majesté des Mouches est l'occasion pour l'auteur de constater que toute société possède en elle les germes de la violence, même les enfants. C'est en effet cette idée que l'on retient de l'œuvre, avec une de ses dernières phrases qui sert presque de morale : « Ralph pleurait sur la fin de l'innocence, la noirceur du cœur humain et la chute dans l'espace de cet ami fidèle et avisé qu'on appelait Porcinet. » (chapitre XII)

LA CRUELLE IRONIE DE GOLDING

Le pessimisme de William Golding se manifeste également par une ironie mordante, ayant trait soit aux caractères des personnages, soit aux situations dans lesquelles ils se retrouvent.

Il y a tout d'abord le fait que le groupe de chasseurs, si proche d'une idée de milice personnelle de Jack, constituait jadis la maitrise. Le passage d'enfants de chœur, chantant des cantiques, à des individus se délectant de la violence et de la mise à mort est quelque peu dérangeant, même si leur première description trahit déjà une certaine uniformité militaire :

> « C'était un groupe de garçons qui marchaient à peu près au pas, sur deux files parallèles, accoutrés d'étrange façon. [...] Le garçon qui les conduisait portait le même accoutrement, mais l'insigne de sa casquette était doré. Lorsque le groupe fut à une dizaine de mètres du plateau, il donna un ordre et ils s'arrêtèrent, hors d'haleine, en nage, chancelant dans la lumière intense. » (chapitre I)

Vers la fin de l'œuvre, les situations ironiques s'enchainent : le seul personnage encore vivant qui se raccrochait à l'ordre et à la civilisation, Ralph, est désormais obligé de se bestialiser s'il veut survivre. Golding le compare d'abord à un cheval et à un chat dans ses réflexes pour assurer sa propre survie (« Il rua comme un cheval dans les lianes » et « bondit comme un chat », chapitre XIII), avant de l'assimiler à un cochon. En effet, Ralph est confondu avec cette proie qui n'a eu de cesse de cristalliser les passions des enfants (que ce soit à travers « Sa-Majesté-des-Mouches » ou Porcinet) : « Soit, il se cacherait. Il se demanda si un cochon approuverait son choix et fit une vague grimace. » (chapitre XII)

C'est finalement avec l'apparition d'un adulte que la chasse à l'homme prend fin. Notons au passage que cet adulte fait office de *Deus ex-machina*, c'est-à-dire d'un personnage inattendu venant opportunément dénouer une situation dramatique. Il va minimiser l'aventure pourtant assez traumatisante des enfants en la qualifiant de « jeu de la guerre » (*ibid.*).

Dans cette « belle aventure » se révèle la cruelle ironie de Golding, où finalement Simon et Porcinet, ces deux « cadavres » qui ne « sont plus là », sont morts uniquement par jeu (*ibid.*). L'échelle des valeurs semble dérangée : ce qui choque le plus l'adulte n'est pas tant qu'il y ait eu des morts parmi les enfants, mais que ceux-ci n'aient pas assez fait honneur à leur nation en s'organisant correctement : « Il m'aurait semblé qu'un groupe de garçons britanniques-car vous êtes tous britanniques n'est-ce-pas ? aurait réagi de façon plus énergique, enfin je veux dire... » (*ibid.*)

Le monde des adultes, qui rappelons-le était en guerre, n'est plus un monde réconfortant pour les enfants qui ont également connu la guerre. Ainsi ont-ils quitté le monde insouciant de l'enfance : « Ralph pleurait sur la fin de l'innocence, la noirceur du cœur humain et la chute dans l'espace de cet ami fidèle et avisé qu'on appelait Porcinet. » (chapitre XII) Cette maturité, bien chèrement acquise, exclut toute idée de retour en arrière vers une enfance heureuse.

UNE FORTE CHARGE SYMBOLIQUE

L'œuvre de Golding est truffée de symboles plus ou moins explicites qui permettent à l'auteur de suggérer son propos :

- **la conque.** Cette coquille, trouvée par Ralph et Porcinet, a permis de rassembler tous les enfants répartis sur l'ile après l'accident. Ralph comprend son pouvoir et en fait un objet primordial dans la vie quotidienne du camp : le coquillage convoque les enfants aux rassemblements et celui qui l'a en main possède le droit de parole. Elle permet à chacun de s'exprimer et d'être entendu. Elle est donc un symbole de démocratie, de civilité et d'ordre dans le groupe. Plus les garçons tombent dans la sauvagerie, moins la conque a d'influence. Sa destruction lors de la chute de la pierre marque la fin de la tolérance et le début de la barbarie ;
- **la bête.** L'existence d'une bête est évoquée pour la première fois par un des petits. Cette bête prend plusieurs formes : c'est d'abord un serpent, puis un monstre marin et, enfin, une « forme qui enflait », à savoir le parachutiste (chapitre VII). Pour conjurer leur peur, les insulaires lui offrent des sacrifices et la considèrent comme une nouvelle divinité. Seul Simon comprend que la bête les effraie tous parce qu'elle se trouve en chacun d'eux : plus grande est la sauvagerie des garçons, plus forte est leur

crainte, et plus le monstre semble réel ;

- **Sa-Majesté-des-Mouches.** Il s'agit d'une tête de truie que Jack a empalée sur un piquet, en offrande à la bête. L'animal, figure aimante et innocente avant d'être tuée, devient une image sanglante et obscure. Ce changement représente la transformation subie par Jack et les autres lors de leur séjour sur l'ile. Sa-Majesté-des-Mouches devient alors l'incarnation du mal. Son nom est d'autant plus symbolique que Belzébuth (un démon ancestral), en hébreu, signifie « seigneur des mouches » ;
- **les lunettes de Porcinet.** Elles constituent un double symbole : non seulement elles représentent la connaissance, la culture et l'érudition, censées garantir l'humanité des hommes, mais elles sont aussi la clé de la maitrise du feu, si essentielle dans l'histoire de l'humanité.

UNE RÉPONSE AUX ROMANS D'AVENTURES

Sa Majesté des Mouches est une réponse aux romans d'aventures et en particulier à *Robinson Crusoé* (1719) de Daniel Defoe (aventurier, commerçant et écrivain anglais, 1660-1731) et à *Coral Island* (1857) de Robert Michael Ballantyne (écrivain écossais, 1825-1894), qui racontent les péripéties de jeunes aventuriers dans des contrées inconnues. En choisissant le cadre spatial de l'ile et en axant son œuvre sur la mise en place de techniques de survie, Golding emprunte au genre de la robinsonnade. Ce genre est né au XVIIIe siècle, après le succès de l'œuvre de Daniel Defoe. Il a été théorisé pour la première fois en 1731 par l'auteur allemand Johann Gottfried Schnabel (écrivain allemand, 1692-1750) et s'est principalement développé au XIXe siècle et au XXe siècle.

Golding emprunte à Ballantyne le thème d'une ile déserte peuplée d'enfants, mais il traite le sujet différemment. Le récit de l'auteur commence comme un simple roman d'aventures : les enfants débarquent dans un paradis terrestre et vivent en totale harmonie avec une nature somptueuse. Mais ce bonheur est de courte durée : l'ile se révèle angoissante et cache de lourds secrets. Si Robinson, le héros de Defoe, réussit à affronter une nature sauvage tout en restant civilisé, ce n'est pas le cas des enfants de *Sa Majesté des Mouches*, qui oublient leurs qualités d'enfants éduqués. Le genre du roman d'aventures repose sur une vision manichéenne du monde, dans lequel le bien et le mal s'affrontent, tout comme dans l'œuvre de Golding. Mais ceux qui remportent le combat ne sont pas les mêmes. Dans les romans d'aventures, le bien triomphe et les valeurs de la civilisation occidentale sont préservées, tandis que chez l'écrivain, c'est la face sombre de l'homme qui gagne, dans un univers dénué de morale.

L'œuvre de Golding est classée dans la littérature jeunesse. Pourtant, ce roman est quelque peu singulier dans cette catégorie et se distingue nettement par rapport aux autres monuments de la littérature jeunesse à l'instar du *Petit Prince* (1943) de Saint Exupéry (aviateur, écrivain et poète français, 1900-1944), sorti à peine dix ans auparavant. Si les héros sont des enfants (permettant de fait l'identifi- cation immédiate du lecteur) et si le récit a une saveur de robinsonnade, certains éléments ne correspondent pas aux caractéristiques de la littérature jeunesse.

Ainsi le récit n'est-il pas ludique et plaisant mais cynique et violemment pessimiste alors que l'absence de morale se fait cruellement ressentir : le jeune lecteur ne peut ainsi pas retirer un enseignement de sa lecture.

UNE RÉFLEXION SUR LA CRÉATION DU LIEN SOCIAL

Confrontés à l'absence totale des adultes et de leur contrôle, les enfants vont devoir choisir entre deux organisations : la première, que l'on pourrait qualifier de « civilisée » est représentée par Ralph et Porcinet tandis que la seconde, plus « primitive », est incarnée par Jack.

Les deux leadeurs, désignés comme tels par leur charisme et leur autorité, s'affrontent donc autour de conceptions diamétralement opposées. Si Ralph assoit dans un premier temps son autorité par la voie démocratique (il est en effet choisi par la majorité des enfants) avec la conque comme symbole, c'est finalement Jack qui lui dérobe cette place en créant une communauté, basée sur l'appropriation du pouvoir par un seul de ses membres.

Cette création de communauté passe par plusieurs étapes :

- **l'uniformisation de leur apparence**, initiée par Jack au chapitre IV : « Il sautilla vers Bill et le masque prit une sorte de vie autonome derrière laquelle Jack se cachait, libéré de toute honte et de toute gêne. » (chapitre IV). À noter d'ailleurs que lorsque Jack était le seul à porter ce maquillage, cet élément conditionnait également leur attitude étant donné que « le masque les forçait à l'obéissance. » (*ibid.*) ;

- **la mise en place de croyances religieuses.** C'est encore une fois Jack qui instaure ce rapport à l'ile : « Quand on tuera un cochon, on prélèvera une offrande pour le monstre. » (chapitre VIII) D'une façon habile, Jack, en parfait politicien, exploite une peur collective afin de créer une dynamique de groupe et d'assoir son autorité, cette fois en tant que chef religieux. Une fois l'acte contre la truie commis, il n'hésite pas à dramatiser son effet : « Il reprit d'une voix plus basse : -On va laisser une offrande de gibier pour... » (*ibid.*) Simon, témoin de la scène, rebaptise cette offrande ressemblant à un totem, « Sa-Majesté-des-Mouches », d'où est tiré le titre de l'œuvre, preuve irréfutable de l'importance de ce rapport mystique à l'ile. Plus tard, la volonté de Jack d'être vu comme un chef religieux a totalement été entérinée par ses comparses : « Jack, bariolé de peinture et couronné de fleurs, trônait comme une idole sur un tronc renversé. » (chapitre IX) Par cette représentation théâtralisée, dénotant une certaine idée de puissance, Jack semble mettre en place son culte de la personnalité. Cet élément, que l'on retrouve dans tous les régimes autoritaires, consiste à montrer le chef comme un dieu vivant. Il passe entre autres par une savante maitrise de la propagande dans les médias, l'organisation de grands évènements en son honneur, etc. ;
- **le recours à une danse.** « Les silhouettes dispersées s'étaient réunies sur le sable et formaient une masse noire et dense qui tournait sur elle-même. » (chapitre V) Cet exemple illustre parfaitement le basculement opéré

entre un groupe d'individus distincts, « les silhouettes dispersées » (article pluriel défini) à un rassemblement, « une masse noire et indéfinie » (article singulier indéfini). Ainsi, dans cette communauté nouvellement formée par Jack, l'individu est nié au profit de la communauté. Or la constitution d'une communauté au détriment d'un groupe d'individus distincts est une étape primordiale dans un régime dictatorial. Un chef politique (ou religieux) aura plus de facilités à assoir son autorité vis-à-vis d'une communauté qui pense et agit d'une seule façon, que face à un groupe composé d'électrons libres dans leur façon d'agir et de penser ;

- **le recours au chant.** La première occurrence de ce chant apparait au chapitre IV : « À mort le cochon. Qu'on l'égorge. Que le sang coule. » Ce chant, devient dans le chapitre VII une « mélopée rituelle » et évolue dans le chapitre IX en « À mort la bête ! Qu'on l'égorge ! Qu'on la saigne ! ». Le subtil changement de « cochon » à « bête » révèle le mysticisme des enfants. Jusqu'à présent, ce chant de guerre servait à narrer les exploits à la chasse. Il sert désormais à affronter la peur qui les étreint.

C'est précisément ces deux éléments (la danse et le chant) qui poussent les enfants à l'hypnose, la folie, « l'*hubris* » finalement. L'*hubris*, terme grec ancien qui signifie « la démesure », amène souvent le héros à commettre l'irréparable. Dans *Cible mouvante*, qui réunit réflexions et commentaires de Golding, il assume cet emprunt à la culture hellénistique (GOLDING W, *Cible mouvante*, Paris, Gallimard, 2002, p. 336).

En l'occurrence, l'apogée de cet *hubris* se manifeste avec la mort de Simon, première victime de cette folie collective. Venu apporter la vérité sur le prétendu monstre, il est frappé à mort par l'ensemble des enfants. Cette mort, si elle reste un choc pour le lecteur, n'en est pas moins logique. Il y a eu en effet une certaine progression dans cette démesure violente :

- dans le chapitre IV, les chasseurs fiers de leur premier trophée, le cochon, narre avec enthousiasme cette mise à mort. Ralph, furieux que le feu ait été laissé à l'abandon alors qu'un navire passait, se trouve alors en dehors de cet enthousiasme collectif ;
- dans le chapitre VII, la mise à mort n'est plus seulement racontée, mais elle est mimée : « On le retint par les bras et les jambes. Emporté par une excitation irrésistible, Ralph saisit le javelot d'Erik et en frappa Robert. » (chapitre VII) Cette fois, Ralph fait partie du jeu. Mais ce n'est encore qu'un jeu ;
- ce dernier est une sorte de répétition avant la mise à mort (accidentelle ?) de Simon, dans le chapitre IX : « Le monstre était au centre, agenouillé, les bras croisés sur le visage, et il criait toujours ses explications au sujet d'un mort sur une montagne. » (chapitre IX)

Simon, personnage qui avait toujours été en décalage, de par sa sagesse et sa solitude assumée, est le premier bouc émissaire du groupe. Mais il n'est pas le seul. Porcinet, de par ce surnom qui le relie directement à l'animal sacrifié, est constamment moqué depuis le début. Gros, myope, incapable de courir car asthmatique, il représente le savoir des adultes. Les brimades contre cette figure du bon élève vont croissant : moqueries sur son physique, non-respect de son tour de parole quand il est en possession de la conque, le coup porté à ses lunettes, les insultes : « La ferme, toi, espèce de grosse limace. » (chapitre V), etc. Ce roman occupe ainsi une certaine fonction cathartique pour son lectorat. Cette violence déchainée, violence qu'on contient peu ou prou tous en nous, se déploie dans un récit violemment jouissif. Or Jack, en faisant de Porcinet (dont il est jaloux) son bouc émissaire officiel, consolide encore une fois son autorité et la cohésion du groupe de fidèles qu'il est en train de se constituer. Dans son ouvrage *Sanglantes Origines*, René Girard explique que « même si le bouc émissaire est en réalité un membre de la communauté, la menace l'extériorise et les autres membres se sentent plus unis que jamais. » (Flammarion, 2013, p. 35)

Ce constat assez sombre de William Golding a trouvé un fort écho dans la culture dite populaire, allant de séries comme *Lost : Les Disparus* (2004-2010) à des livres et films comme *Battle Royal* (2002) et *Le Labyrinthe* (2014). Publiée en 1954, l'œuvre est passée à la postérité, son ambiance et sa vision pessimiste de l'humanité ne cessant d'inspirer la création d'univers dystopiques.

PISTES DE RÉFLEXION

QUELQUES QUESTIONS POUR APPROFONDIR SA RÉFLEXION...

- Que représentent, respectivement, Ralph et Jack ?
- Pourquoi peut-on dire que *Sa Majesté des Mouches* est une métaphore ?
- Selon vous, les enfants sont-ils innocents ? Justifiez votre réponse.
- Golding, à travers ce roman, développe-t-il une vision optimiste ou pessimiste de la condition humaine ?
- Expliquez quelle est la charge symbolique, d'une part de la conque, d'autre part des lunettes.
- Expliquez, avec vos mots et à partir du livre, ce qu'est la démocratie.
- Quelles sont les similitudes et les différences entre *Sa Majesté des Mouches* et les romans d'aventures ?
- Connaissez-vous d'autres récits mettant en scène des naufragés sur une ile déserte ? Comparez-les avec l'œuvre de Golding.
- À votre avis, pourquoi ce roman est-il beaucoup lu dans les écoles ?
- Pensez-vous que cette œuvre soit réaliste ? Justifiez votre réponse.

POUR ALLER PLUS LOIN

ÉDITION DE RÉFÉRENCE

- Golding W., *Sa Majesté des Mouches*, traduit de l'anglais par Lola Tranec, Paris, Gallimard, coll. « Du monde entier », 1983.

ÉTUDE DE RÉFÉRENCE

- Golding W., *Cible mouvante*, Paris, Gallimard, 2002.

ADAPTATIONS

- *Sa Majesté des Mouches* (*Lord of the Flies*), film de Peter Brook, avec James Aubrey, Tom Chapin et Hugh Edwards, Angleterre, 1963.
- *Lord of the Flies*, film de Harry Cook, avec Balthazar Getty, Chris Furrh et Danuel Pipoly, Angleterre, 1990.
- *Seuls*, bandes dessinées de Vehlmann et Gazotti publiées chez Dupuis en plusieurs cycles, Belgique, depuis 2006.

SUR LEPETITLITTÉRAIRE.FR

- Questionnaire de lecture sur *Sa Majesté des Mouches*.

Dumas
- Les Trois Mousquetaires

Énard
- Parlez-leur de batailles, de rois et d'éléphants

Ferrari
- Le Sermon sur la chute de Rome

Flaubert
- Madame Bovary

Frank
- Journal d'Anne Frank

Fred Vargas
- Pars vite et reviens tard

Gary
- La Vie devant soi

Gaudé
- La Mort du roi Tsongor
- Le Soleil des Scorta

Gautier
- La Morte amoureuse
- Le Capitaine Fracasse

Gavalda
- 35 kilos d'espoir

Gide
- Les Faux-Monnayeurs

Giono
- Le Grand Troupeau
- Le Hussard sur le toit

Giraudoux
- La guerre de Troie n'aura pas lieu

Golding
- Sa Majesté des Mouches

Grimbert
- Un secret

Hemingway
- Le Vieil Homme et la Mer

Hessel
- Indignez-vous !

Homère
- L'Odyssée

Hugo
- Le Dernier Jour d'un condamné
- Les Misérables
- Notre-Dame de Paris

Huxley
- Le Meilleur des mondes

Ionesco
- Rhinocéros
- La Cantatrice chauve

Jary
- Ubu roi

Jenni
- L'Art français de la guerre

Joffo
- Un sac de billes

Kafka
- La Métamorphose

Kerouac
- Sur la route

Kessel
- Le Lion

Larsson
- Millenium I. Les hommes qui n'aimaient pas les femmes

Le Clézio
- Mondo

Levi
- Si c'est un homme

Levy
- Et si c'était vrai…

Maalouf
- Léon l'Africain

MALRAUX
- La Condition
  humaine

MARIVAUX
- La Double
  Inconstance
- Le Jeu de l'amour
  et du hasard

MARTINEZ
- Du domaine
  des murmures

MAUPASSANT
- Boule de suif
- Le Horla
- Une vie

MAURIAC
- Le Nœud
  de vipères

MAURIAC
- Le Sagouin

MÉRIMÉE
- Tamango
- Colomba

MERLE
- La mort est
  mon métier

MOLIÈRE
- Le Misanthrope
- L'Avare
- Le Bourgeois
  gentilhomme

MONTAIGNE
- Essais

MORPURGO
- Le Roi Arthur

MUSSET
- Lorenzaccio

MUSSO
- Que serais-je
  sans toi ?

NOTHOMB
- Stupeur et
  Tremblements

ORWELL
- La Ferme
  des animaux
- 1984

PAGNOL
- La Gloire de
  mon père

PANCOL
- Les Yeux jaunes
  des crocodiles

PASCAL
- Pensées

PENNAC
- Au bonheur
  des ogres

POE
- La Chute de la
  maison Usher

PROUST
- Du côté de
  chez Swann

QUENEAU
- Zazie dans
  le métro

QUIGNARD
- Tous les matins
  du monde

RABELAIS
- Gargantua

RACINE
- Andromaque
- Britannicus
- Phèdre

ROUSSEAU
- Confessions

ROSTAND
- Cyrano de
  Bergerac

ROWLING
- Harry Potter à
  l'école des sor-
  ciers

SAINT-EXUPÉRY
- Le Petit Prince
- Vol de nuit

SARTRE
- Huis clos
- La Nausée
- Les Mouches

SCHLINK
- Le Liseur

SCHMITT
- La Part de l'autre
- Oscar et la
  Dame rose

SEPULVEDA
- Le Vieux qui
  lisait des romans
  d'amour

SHAKESPEARE
- Roméo et Juliette

SIMENON
- Le Chien jaune

STEEMAN
- L'Assassin
  habite au 21

STEINBECK
- Des souris et
  des hommes

STENDHAL
- Le Rouge et
  le Noir

STEVENSON
- L'Île au trésor

SÜSKIND
- Le Parfum

TOLSTOÏ
- Anna Karénine

TOURNIER
- Vendredi ou
  la Vie sauvage

TOUSSAINT
- Fuir

UHLMAN
- L'Ami retrouvé

VERNE
- Le Tour
  du monde
  en 80 jours
- Vingt mille
  lieues sous
  les mers
- Voyage au
  centre de
  la terre

VIAN
- L'Écume des jours

VOLTAIRE
- Candide

WELLS
- La Guerre des
  mondes

YOURCENAR
- Mémoires
  d'Hadrien

ZOLA
- Au bonheur
  des dames
- L'Assommoir
- Germinal

ZWEIG
- Le Joueur
  d'échecs

www.lepetitlitteraire.fr

ISBN version numérique : 978-2-8062-9482-1
ISBN version papier : 978-2-8062-9483-8
Dépôt légal : D/2017/12603/131

Avec la collaboration de Célia Ramain pour l'étude du personnage de Simon ainsi que pour les chapitres « La cruelle ironie de Golding » et « Une réflexion sur la création du lien social ».

Conception numérique : Primento,
le partenaire numérique des éditeurs.

Ce titre a été réalisé avec le soutien de la Fédération Wallonie-Bruxelles, Service général des Lettres et du Livre.

Made in the USA
Monee, IL
08 July 2026

56666552R00022